« Il m'a fallu 17 ans et 114 jours pour réussir du jour au lendemain »

Leo Andrés Messi

TOM VEUT ÊTRE MESSI

TANYA PREMINGER

Illustrations

ELETTRA CUDIGNOTTO

Traduction française

SOPHIE TROFF

Pour Sean, ma lumière et mon inspiration.

Sommaire

TANYA PREMINGER

13-5=?

Maman et Tom sont assis à la table de la cuisine et font les devoirs de maths de Tom.

13 - 5 = ?

Tom regarde les chiffres dans son cahier peu soigné et pense au tir que Messi a raté hier contre le Real Madrid.

– Tom, treize moins cinq. Ça fait combien ?

Maman tapote du doigt sur la page du cahier d'exercices pour tirer Tom de sa rêverie.

– Messi a raté un tir ! Tu peux le croire ?! s'exclame Tom.

– Tom, essaie de te concentrer. Oublie le foot pour le moment.

– Mais comment Messi a-t-il pu manquer un but à sept mètres ?

Maman prend le boulier sur la table et le place devant Tom.

– Treize moins cinq ! Réponds-moi, s'il te plaît.

– Maman, tu sais, Messi reste quand même le meilleur joueur de foot de tous les temps !

Maman pose la main sur son front et soupire. À ce rythme, ils ne finiront jamais les devoirs !

D'un air songeur, Tom déplace cinq boules de droite à gauche sur le boulier, une à la fois. Maman le regarde avec espoir.

– Messi avait cinq joueurs qui le pressaient, voilà pourquoi ! Même Messi ne peut pas marquer face à une telle défense ! conclut Tom.

– Tom ! L'exercice ! s'écrie maman, excédée.

– Maman, je n'ai pas besoin des maths, je suis nul. Je vais devenir footballeur.

Tom sourit de toutes ses dents et se regarde dans la glace sur le mur du fond. Il se recoiffe de la main, s'imaginant dans un stade de foot face aux caméras de télévision.

Maman ferme les yeux. Elle inspire à fond.

– Tu n'es pas nul. Personne ne naît avec tous les talents. Ils s'acquièrent avec la pratique. Tu dois t'entraîner aux maths comme tu t'entraînes au foot.

– D'accord, d'accord, s'impatiente Tom. Mais tu te souviens que demain tu m'inscris au club de foot, hein ?

– Oui, je m'en souviens, dit maman en souriant. Tu es sûr que tu n'auras pas peur ? Tu ne connais personne là-bas.

– Et alors ? s'exclame Tom. Je m'en fiche !

Première visite au club de foot

– Tom, pourquoi m'as-tu fait venir jusqu'ici si tu ne veux pas sortir de la voiture ? s'agace maman en regardant Tom assis à l'arrière.

Ils sont garés près de l'entrée du terrain de sport. C'est un endroit stratégique pour observer l'activité extérieure. Certains parents déposent leurs enfants en voiture et repartent, tandis que d'autres les accompagnent sur le terrain. Tom voit des jeunes de tous les âges passer devant la voiture de maman, vêtus des couleurs du club. Ils portent des sacs de sport et des ballons, et bavardent avec excitation en se rendant à l'entraînement. Un stand vend des hot-dogs, des confiseries et des cornets de glace aux enfants qui sortent de l'entraînement.

Tom observe la scène et sent son ventre se nouer.

– Allez, Tom. Sors de la voiture. Ton cours va commencer.

– Non, marmonne Tom. Je veux rentrer à la maison.

Malgré ce qu'il a dit à maman hier, il a la trouille.

— Oh, allez ! On est tous nerveux la première fois qu'on fait quelque chose de nouveau. Tu n'as rien à craindre. Je suis là, je reste avec toi.

Maman passe son sac à main en bandoulière sur une épaule, et met le sac de Tom sur l'autre. Elle descend de voiture et ouvre la portière arrière.

— Allons-y ! dit-elle d'un ton autoritaire.

Tom recule, s'agrippe aux accoudoirs du rehausseur et gémit.

— Je veux revenir une autre fois.

— On ne reviendra pas une autre fois ! crie maman. J'ai fait une heure de voiture juste pour t'amener ici ! Allez, fais un effort, Tom. Tu te comportes comme un enfant gâté !

Maman saisit la main de Tom et essaie de le tirer hors de la voiture, mais il s'accroche au rehausseur de toutes ses forces. Des larmes commencent à couler sur ses joues.

— Je veux qu'on rentre à la maison, maman... !

Maman soupire et secoue la tête avec colère.

— Très bien. On rentre à la maison. Mais ne me fais plus perdre mon temps avec ton fichu football !

Messi ou Ronaldo ?

Durant le cours de maths à l'école, les élèves de CE1 sont assis à leur bureau et écrivent dans leur cahier, s'exerçant à faire des multiplications sous le regard attentif de l'institutrice.

4 x 8 = ?

Tom fixe les chiffres en essayant de se concentrer. Mais, comme d'habitude, il est distrait par des pensées sur le football.

Il jette un coup d'œil rapide à son livre sur Messi, qu'il a caché dans son bureau, puis à son ballon de foot, à sa place habituelle près de la porte.

Alice, la chouchoute de la maîtresse, s'approche du grand bureau et lui tend, la première comme toujours, son cahier d'exercices soigné. L'institutrice l'examine.

– Bravo, Alice, dit-elle. Tu as tout bon. Qui d'autre a terminé et veut me montrer son travail ? demande l'institutrice en jetant un coup d'œil à sa montre.

Dans la classe, des élèves commencent à se lever après avoir fini l'exercice.

Tom regarde sa page vierge. Puis il se penche vers son voisin Arthur, son meilleur copain, et lui dit tout bas :

– Manchester United veut acheter Messi à Barcelone pour 500 millions d'euros ! Tu le crois, ça ?

– On s'en fout, se moque Arthur. Messi craint, Ronaldo déchire !

– Ronaldo est nul ! s'écrie Tom en colère. Il rate un but vide.

– Tom, silence ! gronde la maîtresse. Tu déranges tout le monde ! Je ne veux plus t'entendre parler ! C'est le premier et dernier avertissement.

– D'accord, d'accord, marmonne Tom.

– Concentre-toi sur l'exercice, ordonne l'institutrice. Tu vas être le dernier à rendre ton devoir, une fois de plus.

Je veux récupérer mon ballon !

Des cris de joie s'élèvent de l'école. La cour de récréation et le terrain de jeu résonnent des rires des enfants qui s'amusent. Enfin, c'est l'heure de la récré. Certains écoliers discutent avec leurs amis, d'autres grimpent sur la cage à poules. Mais la plupart jouent sur la grande pelouse derrière les balançoires. Tom, Arthur et six autres élèves de CE1 sont en plein match de foot.

Tom a les joues écarlates et les cheveux trempés de sueur tandis qu'il remonte le terrain, balle au pied. Deux enfants de l'équipe adverse lui barrent la route. Tom pousse habilement le ballon vers Arthur. Arthur le reçoit, avance et passe un premier défenseur, mais il est arrêté par un deuxième.

– Arthur ! Je suis démarqué ! crie Tom.

Il se trouve en bonne position près de la surface de réparation. Arthur lui passe la balle.

À ce moment-là, Nathan, un grand de CM2, déboule sur le terrain sans y être invité. Il tacle Tom violemment, lui vole le ballon, et tire dans les filets.

– Buuuuuut ! hurle-t-il, et il court ramasser le ballon.

– C'est pas juste ! Tu gâches la partie ! proteste Arthur.

– Tu ne joues même pas avec nous ! s'écrie Tom.

– Maintenant, si, dit Nathan en jonglant avec le ballon d'un pied, puis de l'autre. Allez, essaie de me prendre la balle ! dit-il moqueur.

Tom, énervé, s'avance vers lui. Nathan attend qu'il se rapproche, puis il le feinte, change de direction et s'éloigne. Tom essaie de lui prendre le ballon, mais Nathan le tient à distance, jongle et protège le ballon. Puis il shoote entre les jambes écartées de Tom et récupère le ballon dans son dos en ricanant. Quelle humiliation ! Tom retient ses larmes.

– C'est mon ballon ! Rends-le-moi ! proteste Tom.

– Viens le chercher, le nargue Nathan.

Soudain, la sonnerie retentit, signalant la fin de la récréation. Nathan a toujours le ballon. En sortant du terrain, il le frappe avec force au-dessus de la clôture et s'en va en riant.

Tom fait le tour de la clôture en courant pour chercher son ballon, sachant qu'il va être en retard en classe.

L'histoire du soir

Ce soir-là, Tom a mis son pyjama de foot et il fait des abdos sur le canapé du salon. Un match est retransmis à la télévision et Tom observe attentivement la technique des joueurs. C'est alors que papa entre dans le salon.

– Oh, pour l'amour du ciel, éteins la télé, Tom. C'est l'heure d'aller au lit.

– Je ne suis pas fatigué ! Et le match vient juste de commencer... se lamente Tom.

– Je ne le répéterai pas, répond fermement papa en cherchant la télécommande.

Tom se jette sur la télécommande, qui est cachée sous son tas de vignettes de football sur la table, l'attrape et la glisse entre lui et le dossier du canapé.

– Après le match... implore-t-il. C'est le Barça contre Valence...

– Tu as école demain, intervient maman en entrant dans la pièce et se joignant à la discussion. Au lit !

Papa dérobe la télécommande à Tom, qui fait une moue dépitée.

– Alors au moins, lis-moi une histoire pour m'endormir ! Je veux une histoire ! insiste-t-il.

Maman regarde papa et hausse les épaules.

– D'accord. Je suppose qu'il n'est pas trop tard pour une histoire. Laquelle veux-tu ? Comme d'habitude ?

Tom opine avec enthousiasme.

Il fonce à l'étage, entre dans la salle de bains, se débarbouille la figure et se brosse rapidement les dents. Puis il saute sur le lit, en serrant son ballon. Maman s'assied sur une chaise à côté de lui et lit à voix haute sur sa tablette.

Tom l'écoute en bondissant sur le matelas, regardant d'un air rêveur les posters et articles de journaux placardés aux murs.

– Lionel Messi, lit maman, surnommé « la puce atomique », a franchi ce week-end une nouvelle étape dans sa brillante carrière de footballeur en marquant son 400e but dans une compétition officielle avec le FC Barcelone... Arrête de sauter sur le lit, Tom ! J'arrête de lire si tu continues !

– Vas-y maman, je t'écoute, assure Tom sans cesser de sauter, tenant toujours son ballon.

– À 27 ans, l'attaquant phénoménal a déjà amassé... (elle s'interrompt quand l'oreiller de Tom s'envole vers le sol.) Tom ! Arrête ! Je ne lis pas si tu ne te tiens pas tranquille.

Maman éteint sa tablette et se lève pour quitter la pièce.

Tom finit par s'asseoir.

– Maman, j'ai marqué cinq buts hier quand je jouais dans le parc avec papa, et je marque au moins trois buts par jour à l'école, alors combien de buts j'ai marqués dans ma carrière jusqu'à maintenant ?

Maman fait un petit sourire.

– Tu vois ? Si tu écoutais le cours de maths en classe, tu pourrais le calculer tout seul !

Elle embrasse Tom, lui souhaite bonne nuit et éteint la lumière.

Entraînement avec papa

Papa et Tom jouent au foot dans le parc le samedi soir. Le soleil se couche derrière les arbres, et des ombres dansent sur leur visage. Papa dribble vers le but improvisé. Tom tente de le tacler, mais il glisse et papa marque.

— But ! triomphe papa, puis il se penche en avant, pose les mains sur les genoux, et reprend son souffle. Encore dix minutes… et on rentre à la maison, dit-il en haletant.

— Non, proteste Tom, tu dois me laisser une chance de gagner.

— C'est la troisième fois qu'on joue cette semaine… dit papa essoufflé. Tu dois commencer à jouer avec des enfants de ton âge, comme ceux du club de foot. Pourquoi tu n'as pas voulu y aller ?

Tom hausse les épaules.

— Papa, quand tu étais petit, et que tu jouais au football dans une équipe, tu te blessais ? demande-t-il, après un moment.

Papa regarde Tom avec attention.

— Parfois. Ça fait partie du jeu.

— Tu n'avais pas peur de te faire mal ?

– Si, mais que peut-on y faire ? Quand on veut être bon dans un sport, il faut toujours prendre des risques.

– Mais les enfants du club sont plus grands que moi, dit Tom.

Papa lui tapote l'épaule.

– Ils ont ton âge. Ils sont seulement plus grands en taille. Et dis-toi bien une chose : il y aura toujours quelqu'un de plus grand et de meilleur que toi. Mais quand on joue avec des joueurs meilleurs, on apprend deux fois plus.

Tom soupire d'un air malheureux et contemple l'herbe.

– La taille n'est pas ce qui fait un bon joueur, poursuit papa. Un bon joueur réfléchit au moyen de tromper ses adversaires. Il prépare ses attaques. Il trouve des combinaisons de jeu inédites et il essaie d'être là où on ne l'attend pas. Le bon joueur évalue précisément la situation et profite d'une occasion pour marquer.

– Profite d'une occasion… répète Tom. Est-ce que Messi fait ça aussi ?

– Évidemment ! Tout bon joueur de foot le fait.

Tom réfléchit à ses paroles quand deux jeunes enfants arrivent de l'autre côté du terrain, suivis par leur mère.

– C'est Jules. On est copains. Il habite dans notre rue, dit Tom à papa, en montrant du doigt le plus grand des deux.

– Super. Propose-lui une partie de foot avec sa sœur.

Papa se redresse et s'étire le dos, puis il sort son téléphone de sa poche.

– Je vais m'asseoir, dit-il.

– Ils sont trop petits. Ils ne savent pas jouer au foot, dit Tom.

Les enfants s'approchent timidement. Leur maman les observe depuis un banc.

– Hé, vous voulez jouer au foot ? demande papa aux enfants.

Ils hochent la tête.

– À toi de jouer, Tom. Apprends-leur ce que tu sais. Je parie que tu ferais un bon coach.

Papa glisse l'index sur l'écran du téléphone pour le réactiver.

– D'accord, papa, tu restes ici. Mais tu dois me regarder, alors ne joue pas sur ton téléphone.

Profiter d'une occasion

Le terrain d'entraînement grouille de vie. Le gazon artificiel brille sous la lumière de puissants projecteurs. Des groupes d'enfants de tous les âges jouent au foot. L'air vibre d'excitation.

Le groupe d'âge de Tom se prépare à commencer un match. Leur entraîneur place de petits cônes en plastique orange sur la pelouse synthétique pour marquer le terrain et les buts. Il compte les enfants de chaque équipe et constate qu'il en manque un. Il regarde autour de lui.

Tom se tient à bonne distance, derrière la cage de but métallique portable grandeur nature. Il porte la tenue du club : des chaussettes montantes et des protège-tibias, ainsi que des crampons tout neufs et colorés. Il a même du gel dans les cheveux, à la Neymar. Maman est debout à côté de lui, et tient son nouveau sac de sport.

— Hé, le nouveau ! l'interpelle l'entraîneur. Tu viens jouer ?

Tom ne répond pas. Il lui tourne le dos et regarde maman d'un air désespéré.

— Va jouer, Tom, implore maman.

Tom, apeuré, secoue la tête en signe de refus.

L'entraîneur élève la voix.

– Comment tu t'appelles, petit ? Viens, il manque un joueur.

Les enfants attendent, les yeux braqués sur Tom, mais il baisse la tête et s'accroche à maman.

– Il s'appelle Tom, répond maman. Allez, Tom. Va jouer.

Elle le pousse doucement vers le groupe.

Tom résiste et s'éloigne d'elle. Il s'agrippe au poteau du but. Maman lève les mains dans un geste d'impuissance.

– OK, il pourra se joindre à nous plus tard.

L'entraîneur hausse les épaules et se tourne vers les équipes. Il se dirige vers le centre du terrain et donne le coup d'envoi du match en tirant en hauteur. Maman et Tom regardent les enfants batailler pour prendre possession du ballon et monter en attaque.

– Tom, je ne sais pas pourquoi je te paie ce cours si tu ne veux pas participer ! s'exclame maman, mécontente.

Tom ne dit rien.

– Tu dois surmonter ta peur, Tom. Vas-y, je suis là. Qu'est-ce qui t'effraie à ce point ?

– Je ne me sens pas bien, dit Tom en essuyant une larme.

Des acclamations s'élèvent du terrain quand une équipe marque un but.

– Tom, plaide maman. Je sais que c'est dur, mais il arrive à tout le monde d'avoir peur. Même aux adultes. Le secret, c'est de surmonter ta peur.

– Je veux rentrer à la maison, pleurniche Tom.

Maman regarde Tom dans les yeux avec déception.

— Si tu n'essaies pas, tu ne seras jamais comme Messi !

— Je ne veux pas être comme Messi, marmonne Tom avec entêtement, frottant la pelouse avec ses crampons.

Des cris enthousiastes retentissent de nouveau, tandis qu'un joueur réussit à percer la défense et s'avance vers le but adverse. Juste au moment où la situation semble désespérée pour l'autre équipe, un grand garçon avec une coupe iroquoise fonce sur l'attaquant et le tacle en glissant. Ce dernier perd l'équilibre, tombe et s'écorche sérieusement les genoux. L'entraîneur se précipite sur le terrain et arrête le match.

Tous les joueurs s'approchent pour évaluer la situation. Le garçon blessé se tord de douleur.

– Faute ! Faute de jeu ! s'écrie-t-il. Il m'a fait un tacle glissé !

Maman regarde Tom.

– Tom ! C'est ta chance. Tu peux entrer dans le match maintenant !

– Je ne veux pas jouer, s'obstine Tom en croisant les bras.

L'entraîneur rassure le garçon blessé et le fait sortir du terrain.

– Hé, Tom, tu veux le remplacer ? lance-t-il.

Tom ne répond pas. Il fait la moue et hausse les épaules.

– Je t'achèterai une pochette de vignettes Panini si tu vas jouer, lui propose désespérément maman.

Tom ravale ses larmes et s'essuie le visage avec sa manche.

– Celles avec un hologramme… ajoute maman.

Tom réfléchit quelques secondes.

– Deux pochettes, dit-il.

Maman hausse les sourcils, puis soupire.

– D'accord.

Tom court timidement sur le terrain. L'angoisse lui noue le ventre.

– Vas-y, Tom, l'encourage l'entraîneur.

Les joueurs s'alignent au centre du terrain, et l'entraîneur donne le coup d'envoi. Alors que les autres enfants courent après le ballon, tentant par tous les moyens de l'intercepter, Tom reste en retrait. Il se tient à l'écart du groupe, montant de temps en temps sur la partie adverse du terrain avant de revenir. Les autres ne lui font pas beaucoup de passes.

Chaque joueur qui s'empare du ballon essaie de marquer tout seul, de sorte que Tom est facilement oublié par ses coéquipiers.

Dans les dix minutes qui suivent, l'équipe adverse marque deux

buts. Tom n'a même pas encore touché le ballon. Il se tient dans un coin du terrain, et regarde maman d'un air coupable.

Le capitaine de l'équipe de Tom reçoit le ballon et pénètre dans la surface de l'équipe adverse. Tous les défenseurs l'encerclent pour l'empêcher de tirer vers les cages. Voyant qu'il va perdre le ballon, il le passe rapidement à Tom, qui est démarqué et à l'écart des autres. Surpris, Tom attrape le ballon et dribble vers le but. Alors que le gardien fonce sur lui, Tom le passe par la gauche et tire. Le ballon s'envole et s'écrase dans le filet.

Et c'est le but !

– Buuuuuut ! Hourra ! s'écrie maman.

– Bravo, Tom ! le félicite l'entraîneur.

Les coéquipiers de Tom l'entourent, l'étreignent et lui tapent dans la main. Tom sourit timidement et jette un coup d'œil à maman.

Pendant le reste du match, Tom garde la même stratégie. Quand l'entraîneur siffle la fin du match, Tom a marqué deux autres buts. Alors que les joueurs se dispersent, Tom rejoint maman, rayonnant de joie.

– Maman, tu m'as vu marquer ? J'ai mis trois buts ! clame-t-il. Et j'ai aussi su profiter des occasions !

Une maison
à Manchester United

Le lendemain soir, Tom et maman sont assis à la table de la cuisine devant le cahier d'exercices de maths. Tom porte un de ses maillots Messi, floqué du numéro 10, avec ses chaussettes montantes et ses crampons. Ses nouvelles vignettes de foot avec un hologramme sont étalées près de lui sur la table.

– Bon, Tom. 80 - 67 = combien ? demande maman.

– Maman, l'interrompt Tom, combien de saisons un joueur professionnel doit-il jouer pour pouvoir s'acheter une maison ?

– Eh bien, ça dépend de la maison, sourit maman. Et de combien le joueur est payé par saison.

Tom réfléchit un moment.

– Disons qu'un joueur gagne 50 millions d'euros par saison, dit-il d'un air sérieux. Au bout de cinq saisons, il aurait 250 millions. C'est assez pour acheter une maison ?

– Je crois, oui.

– Si j'étais lui, j'achèterais une maison à Barcelone, une au Brésil et un à Manchester United juste pour toi, maman.

– C'est un raisonnement intelligent, se réjouit maman. As-tu remarqué que tu viens de résoudre un problème de maths difficile ? On dirait bien que tu as encore marqué des points !

FIN DU TOME 1

À suivre…

Pour obtenir le tome suivant et découvrir
nos articles de foot, allez sur :
sean-wants-to-be-messi.com

Printed in Poland
by Amazon Fulfillment
Poland Sp. z o.o., Wrocław